姜紫藍 著

女子 精神病房奇觀

U0130657

目錄

初來報到

在哈爾濱生還

監獄風雲

院中秘事

序言

大家好，我叫姜桃（和姜濤並沒有關係）。我是一個很喜歡思考的人，討厭自己是一個無知、無良和無愛的人。

從小我就問自己一個問題，我為什麼現在會在這裏？我相信很多人都問過自己這個問題，我也相信很多人問完之後都不了了之，但我就是想尋根究底，希望從科學上去剖析一切。

我沒有宗教的約束，所以不怕死亡。我覺得死亡有可能只是把靈魂送去另一個空間，也有可能有很多未知的可能。可能哪一天我睡着了，靈魂就會墮入異世界，要闖關歷劫！

我忘記了是哪一天的事，也忘了為什麼我會來到這個地方，我只不過閉上眼睛，當我再次睜開眼睛的時候，就

已經在這個地方了。這裏所存在的，都是只會在電影裏面看到的奇怪人，有驅魔人，有猴子人，有暴力人，有失憶人，有睡公主，有咬死人，扔死人，還有最厲害的「唔理人」……

忽然，有兩個人出現，押送我往另一個地方。那一個地方充滿很多「穿制服的人」，她們的制服，我從來都沒有看過。那個時候的我，已被她們放在一個冰冷的鐵床上，還繫了一個環在我的腳踝上。印象中，那時的自己，是穿着上街的衣服，背着個包包，裏面裝了銀包和證件，包括手提電話等。那幫人強行搶去我的包包，把我的東西全都倒了出來，問我這是什麼、那是什麼，我逐一回答這是銀包，這是身份證，這是……

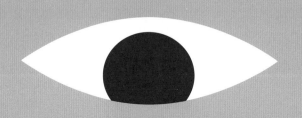

被強行送入精神病院

　　還未說完，最恐怖的時刻來臨了，她們竟然在眾目睽睽的情況下，就把我的衣服全部扒光，我非常害怕，大聲尖叫，但叫不出聲，動彈不得，滿臉羞怯，最後連內褲和胸罩都被拿掉。然後我就被人換上了一套病人服。我覺得很羞恥，但又無力反擊，我根本連發生什麼事都不知道！從那一刻開始，我就知道我已經不再是凡人，因為我沒有人權，沒有人聽到我的說話，沒有人理我的死活……

院中出現人物

護士長

護士（姑娘）

遇到超級麻煩突發事，
只有她「有Say」！
我不用截肢都靠她！

要實習四年才可以轉做正式
執業的護士，而這四年是
無薪水的！
所以我們都好愛護她！

這個空間的人，好像聽不懂人話……

醫生

清潔阿姐　　　　我（姜桃）

喜歡把自己工作壓
力加諸在病人身上

我的心聲：
成王敗寇，
有進無出！

世界末日
都不會出現的醫生，
他的存在只是裝飾

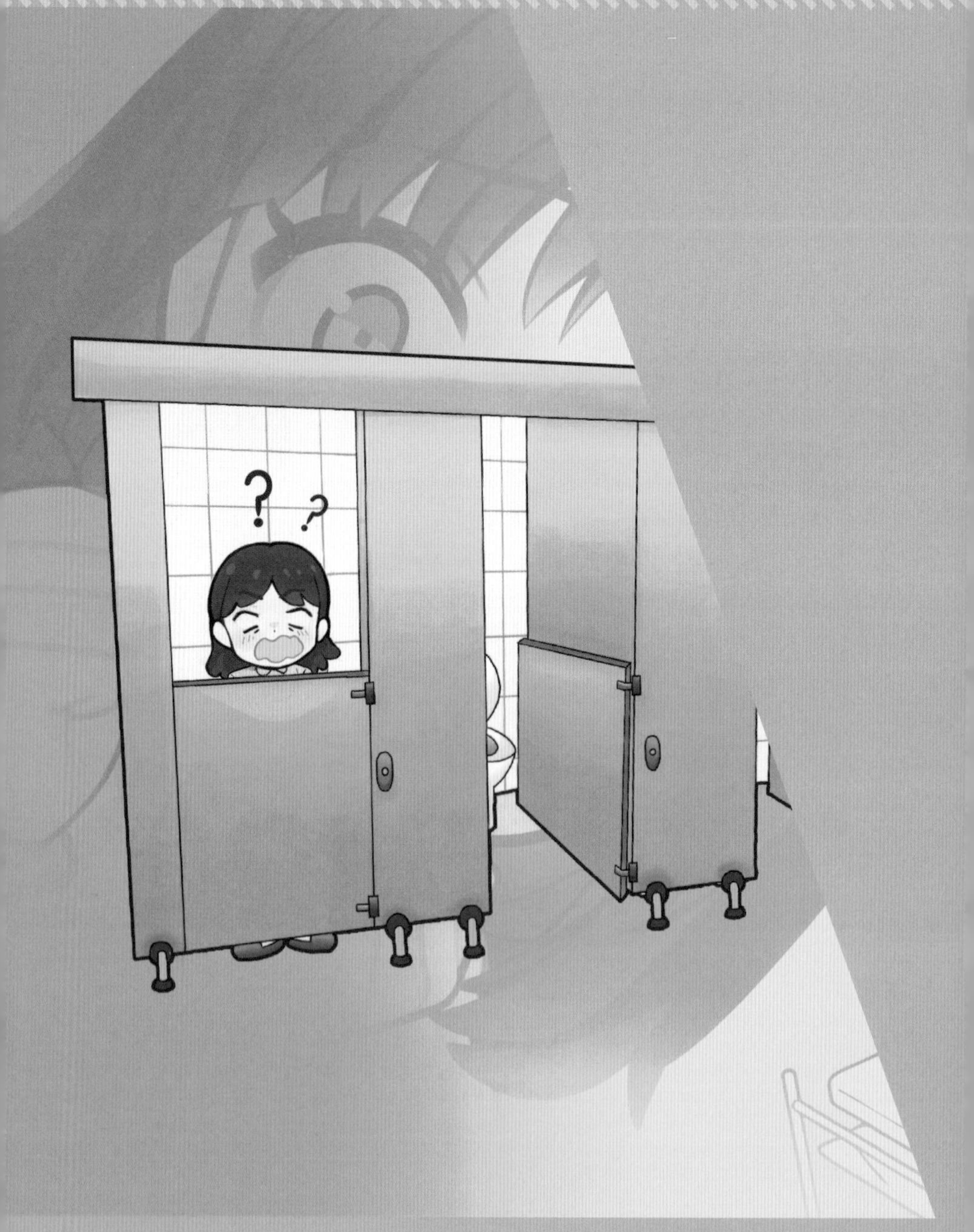

初來報到

曾經聽過牧師的講道，他說，人體在 4°C 或以下，而且充滿負能量的情況下，靈體才能附上那個人的身軀。

驅魔人現場 Part A

我很愛看鬼片，但又很害怕看鬼片中驅鬼的過程。所以我看《驅魔人》看到一半，已經關掉電視機，如果在戲院看的話，我會「借尿遁」跑出戲院。我還以為這輩子都不用再要面對這些恐怖的橋段了。

可是我萬萬沒有想到，自己馬上就要親身經歷這個令我下意識關電視的橋段！唉……早知如此，何必當初？

我在病房的第一晚，彷彿能聽到像魔鬼呼喚的叫聲，聲音源自隔壁房間的女生，她叫得歇斯底里，非筆墨所能形容。她的叫聲，一時中氣十足，一時又變成外籍男人的聲音在說外語。我發覺我身邊的人都好像聽不到一樣，難道我在幻覺或幻聽中？難道我在排隊等投胎？抑或是我被困在荒島的精神病院中？還是沒有人看到我的存在？

我拉了一位清潔阿姐過來，她們負責「守夜」的。

我問她：「那個發出尖叫聲音的人是不是鬼上身？」

她說：「肯定不是，她每天都這樣叫。你不要想太多，早點睡覺吧！」

我心想：「這不是想得多或少的問題，而是她的尖叫聲音分貝，早已超出一個正常人能接受的範圍。如果這個人在這個地方一直以來都是這樣叫，我嚴正強烈要求找個驅魔的牧師來，讓牧師看看她是不是有靈體附身（或者也會波及我們每一個人？），如果不是鬼上身的話，醫生也可以晚上給她開鎮定劑或安眠藥。

話說回來，如果連我這麼年輕也受不住她的「咆哮功」的話，那跟她同房間的長者又如何接受得了？難道她們都已經裝了植入式耳機？阿Q精神了一番後，我對自己的內心說：「不要身在福中不知福！那一個晚上，我竟然可以在超分貝101的情況下睡了兩個小時，根本就是一個神跡！」

　　一般情況下，即使打樁聲也不會超過 100 分貝，如果附近有醫院、學校的話，準則還要收緊。

驅魔人 Part B

我夢見昨晚的尖叫人魔。管她是什麼妖魔鬼怪，只要別搬來我的房間就好了。誰知一說完，已經收到消息，她確定要搬過來了。我囧了很久……

是真的嗎？不不不！我肯定在做夢。當我說服自己是在做夢的同時，我感覺的床正被人移動，我及時張開眼睛，看到同寢室其他人的床也挪了位置，只是我那張床，被調離得遠一些，為了給「新來的人」騰出空間。當我看到尖叫人魔，才意識到，自己是有烏鴉嘴這個「強項」！真的不是夢，我最害怕的事情終於來到了我身邊！

我想補充一點，所謂的身邊，是真的正正在我伸手可及的地方！一想到晚上她會睡在我身邊，我連飯也吃不下，雞皮疙瘩。我最最最擔心的，莫過於她會把頭 270°C 轉向我。神啊！可以殺死我嗎？

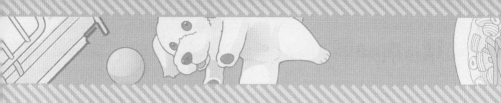

　　第三天起床，我竟然聽不到前一晚的大叫聲。早上趁着陽光還在的時候，我偷看了她一眼，她有一頭短髮，戴着特殊製造的帽子，那是用來防止她把自己的頭髮拔光。她沒有門牙，只留下兩顆犬齒。眼珠特別黑，好像沒有眼白一樣，她的眼神分外地凶狠，樣子十分猙獰，我連白天都不敢正面看她。

　　後來聽到照顧我們的管理員叫她阿群，我馬上想起聖經裏面提及耶穌在驅鬼的時候，問了撒但的名字，撒但說他的名字是群（即是一大群撒但附在身上的意思）。

　　我仍在「群」的世界中沉思。後來一位工作人員跟她說話，殊不知她忽然扯着工作人員的手，起勢地咬，咬到那員工的手滴血才有人出來幫忙。我心想，原來只有犬齒都可以咬到人流血，真的應該叫漁農署或牧師來一趟，可惜我的要求不獲批准。就我一人反映，當然不得要領。

　　後來幾天，整間病房的人都睡得很沉。原來醫生們「斬腳趾避沙蟲」，把其他相對正常的人加重了睡眠藥，怪不得，我看到對面幾位阿婆睡覺睡得好像過世了。我覺得院

方這個手法簡直是本末倒置，愚蠢至極！可是我沒有反抗的能力！我連基本的人權也沒有！我很沮喪，更開始懷疑人生，懷疑天地宇宙，要我接受很多不 Make sense 的安排。我現在唯一可以做的事——乖和等待。

我白天要受清潔阿姐的虐待，而晚上則要看十幾集《驅魔人》。我只能瑟縮在床，當我聽到她開始變聲大叫，簡直害怕到極點，嚇到尿都不急了。原來一個人到了無助的光景，硬性規定要你受最害怕的煎熬，沒有人救我，連打電話報警都沒資格，我根本看不到將來，我真的好懷疑人生！為什麼我在沒有選擇的情況下來到這個世界？要跟這個世界的約定俗成去生存？還要被這所醫院用不人道方式去折磨？現在還要每天看十次《驅魔人》！

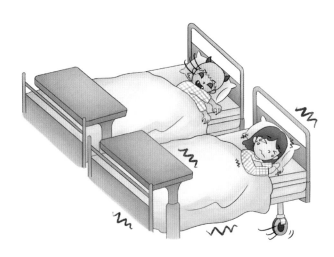

「蕉」逢敵手

我們從來不敢問自己身在哪裏、何時能放生我們？因為我們每次問，都只會被罵。久而久之，我們都被馴化成了解「識時務者為病人」的道理。

我們常常在莫名其妙的情況下，被分配到不同的病房。聽說有一位在這裏留了很久的病人派到我的房間作為鄰居，又是一個惡夢的開端……

先說我們每星期最渴望的時刻到了！只要我們「乖巧」，大部分的病人，就會定期被分派我們最喜愛的零食作獎勵，每一個星期都只有一次配額，所以我分外珍惜。

這星期，我得到兩條香蕉、三盒檸檬茶、一包熊仔餅。我真的很喜歡喝檸檬茶，還要指定的品牌。怎料我正在跟其他人說話的時候，檸檬茶就被偷了！大家都叫我快點搶

回來。我回頭一看,那一位偷我東西的,並不是女人,而是一隻長得很像猴子的女生跳上我的儲物櫃,拿起我的香蕉和檸檬茶大吃大喝,我馬上大叫向工作人員求救!這隻半人半猴的動物,我簡稱為「猴人」吧!猴人看到我主動喊人幫忙,竟然還敢使出爪子抓我!!!

天啊!這到底是哪裏?是「魷魚遊戲」嗎?是不是有一個攝影機在角落拍着我們?還好,傷口不算深,工作人員還幫我奪回檸檬茶和香蕉,但拿回來又有何用,全都沾染過她的口水。

既然我的食物都給她「污辱」過,索性都施捨給她好了,但這裏的規矩是,不准我們分享零食!所以結果把所有東西都退回給我。算了,當日行一善吧!我悄悄地把所有東西放在猴人的 Locker 上。

發生這件事後,我發覺全間病房的人都把自己的飲料和零食都放在 Locker 內,而且盯得緊緊的,除非你想跟齊天大聖交朋友。

我竟然被非法毆打……

6：45，我起床刷牙洗臉做瑜伽。

還沒來到這裏前，我的生活模式一直都很 Freestyle，我絕對沒有想過自己會有早睡早起的一天，看來我已經被鍛鍊成機械人模式了。

唯獨有一天，我遲了 5 分鐘起床，因為醫生在前一晚加重了我的藥，令我昏昏沉沉。其實醫院一般法定起床時間是早上 7：00，有時可以睡到 7：15，但要碰碰運氣，看看翌日上班的是人是鬼！

到了 7：30，派藥的藥車到來。院友們像聽到雪糕車出沒一樣，一聽到車輪聽漸近，自動列隊站立，舉高左手放在胸前，我起初以為要唱國歌，原來是要對入院條碼，而右手則要拿着杯子預備斟水，然後由工作人員把藥物灌

到每個人的嘴裏。

但那一天我熟睡到連派藥都不知到,直到感覺大腿至骨盆傳來一陣陣痛楚,痛到我瑟縮一角。轉過頭來,才看到醫護人員(清潔阿姐)在毆打我。我被她「強勁的臂彎」打了大約四下,痛到我忍不住跳下床問她:「你為什麼打我?你有權打我嗎?每個早上我都那麼合作,要不是昨晚醫生加重藥,我也不會睡得那麼沉。你不懂體諒之餘還要毆打我,你叫什麼名字?我一定要投訴你!」

那個猙獰的工作人員說:「我這是叫你起床,並不算打!」

「叫人起床要身體接觸嗎?還要那麼用力地接觸嗎?」

她死不認錯,我也懶得跟不同層次的人去交流。

於是我找了一個高級一點的姑娘去投訴她。雖然我知道我不能討回公道,但那一刻,我覺得自己不是在拍真人Show或監獄風雲,我沒有可能這樣被打 N 次依然保持沉默,而且還不知道要打到什麼時候。那個姑娘答應我會了

解一下，了解完再給我一個答覆。我只好忍住腳痛，像患上柏金遜症一樣，一拐一拐地去領藥，並回到自己的床位。

我坐在床上深呼吸打坐，我跟我自己說，除了我自己，沒有人能傷害我的心靈。

一會，護士長過來找我，說：「姜桃，整件事我了解過，那位工作人員說她只是覺得她拍醒你，並非毆打你，可能每一個人對所感受的力度的反應都不一樣，她的出發點並不是要打你。然後我就幽了護士長一默，我說：「如果是你打我四下的話，我就會感覺是拍，因為我相信身形和力度是成正比的！這件事就算了吧，希望她不要再跟我有任何身體接觸，以免造成不必要的誤會。」不足一百磅的護士長忍俊不禁，顯然她明白我的比喻。自此，那個毆打我的工作人員見到我就掉頭走，明明她每天都要幫我做例行檢查，現在卻換了另外一個人幫我做，我真的從心坎裏面涼了出來，所有跟我在同一個房間的人都齊齊鼓掌，大家都身心舒暢。

我越怕別人的分泌物，
別人的分泌物對我越瘋狂。

「屎汁」噴射機

　　事先交代，我是一個天生激怕屎的人，不論是自己的屎，抑或別人的屎，我都只可遠觀而不可褻玩焉！就算養了狗狗後，要幫牠們撿狗屎，我都是抱着膽大心細的超高技巧去撿屎。我曾經無意中踩到狗狗的一小坨便便，我馬上大叫，衝去洗手間，用完了整支洗手液，洗到手都脫皮為止。之後我去買了一個鏟屎神器，進一步降低踩到屎的機率。

　　話說回來，一來到這裏，我覺得最大的好處就是不用為屎的問題而煩惱！因為這裏沒有狗，所以應該值得慶幸！人總得要阿 Q 精神一點，不然日子真的很難捱。怪不得以前聽過人說：千萬不要尋死，因為將會體驗比死更難受的折磨！

　　當我正在集結醫院的正能量時，忽然，睡在我旁邊的

一位婆婆有屎的糾結！因為她長期要用紙尿片方便，而這次姑娘說，即使她大便，也要大在尿片上。所以阿婆每晚都會間歇性地發出陣陣屎味，令我魂牽夢縈。我不停地催眠自己：那是一股帶有屎味的空氣清新劑，並不是真的由實物製造，也不會碰到我任何東西，包括我本人，所以動搖不了我的心情！

在一瞬之間，我好像被淋了一桶芝麻糊，並且聞到一陣非筆墨能所形容的惡臭，這樣的攻擊一定是以洪荒之力，加上9秒9速度向我噴射過來的！同房的能走動的病友（因為有一些被綁住的走不了），總之幾乎還能動的生物都已經逃出房間！只有我一個人默默地坐在原位，好像掃了一層「屎油」的蠟像一樣動彈不得，因為她的「屎汁噴射範圍」，剛巧降落在我本人和我的東西上，包括我手上拿着的白色杯，可以被她噴到我像握着朱古力味麥旋風，還有我新拆開的那盒抽紙……

老實說，我根本接受不了和消化不到這件事，我在理性和感性上都處於地獄當中，但自從阿婆連聲道歉，也提

議幫我把東西抹乾淨再還給我，我立刻元神歸位，不想令老人家難堪。於是我說：「其實你家人還沒有買杯子和擦手紙給你，不如你拿我的去用吧，只是有你的屎，你抹一抹就好了，不要跟我客氣哦！還有，下次要是你想噴屎，可以告訴我，你在屎彈未發出之前，我會第一個跑出門口……去去去幫你叫姑娘，好嗎？」

阿婆點點頭笑了！

痰罐即使被洗了 100 次，你敢用嗎？
所以，我的漱口杯被噴了屎，
當然把那個杯送給對方啦！

老友記，好可愛

話說這裏的「老友記」真的非常可愛。

這裏的刷牙洗臉梳洗，限制在 4 分鐘內，有專門的監管。我心裏想：「為什麼大家都做到這個速度？4 分鐘只夠我刷幾隻牙。阿婆都做到，我為什麼做不到？」

其中一位婆婆可能看到我的心思，就是那位「噴屎阿婆」，她跟我說：「後生女，我教你一個方法，但千萬不要告訴別人！」

就是這位「噴屎阿婆」教導我如何刷牙刷出新速度。她這個方法真的很厲害，我肯定在這裏一輩子也沒有想到這樣的方法。方法就是，早上刷上排牙，晚上刷下排牙。我真的忍不住哈哈大笑，原來就這樣簡單，我真的庸人自擾！

　　4 分鐘刷牙時間中，可以發生很多可怕事情。我身旁另一位婆婆吐痰的時候，不對準洗手盆，反而對準了我剛放在水龍頭旁邊的洗漱杯。我馬上發出慘叫聲——啊——

　　馬上引來不少吃瓜的群眾來取笑。我沒有怪她們，因為如果那個杯不是我的話，我也會笑夠三日三夜！我決定如果我和阿婆都可以離開這裏，我一定會約她打籃球，因為我肯定她射三分球都會百發百中。

　　p.s：經歷過被阿婆噴屎的事件後，我已經「小心翼翼」，但仍然「難逃一役」。我現在一邊寫，也一邊覺得毛管豎起，想抓狂，想發瘋……

Why me?!

在哈爾濱生還

我在哈爾濱

　　我真的很怕冷。怕冷的程度，只要大概 10°C 左右，我就需要把自己鎖在房間裏，穿兩對襪子，絨襪的那種，加一件大羽絨衣，開大暖爐，再開床上的暖毯，甚至飛去泰國避寒。（真的一點也沒有誇張！）

　　還記得疫情前某一天，天氣報告說新界地區晚上會再低一兩度，即是說我的家大概有兩 2°C 左右，我馬上衝去旅行社買機票 Package。旅行社的職員說：「姜小姐，今晚只剩下很少的機位，而且特別貴，你會否考慮明天早班機？」

　　「便宜一點又怎樣？我根本冷到過不了今晚！」職員忍俊不禁，哈哈大笑起來。

　　我不明白職員的笑點，我真的好討厭捱冷。曾經在摩

洛哥 54°C 工作的我，穿着 T 恤短褲我也 OK，但我在雪下的挪威工作冷到差點患上「雪盲症」和憂鬱症。

話說回來，我身處的這個地方比哈爾濱還冷，但被子有限，只有一張，更變態的是不准穿外套，不准穿打底內衣，連穿襪子也有規限，只能穿船襪，褲子雖然是大碼，但褲長七分……

我抬腳頭就會看到煙霧瀰漫，以為是火災，其實只是空調噴下來的冷風，呵呵呵！很好！不用買機票就能享受着哈爾濱的冷。天啊！為何我要在這個不知名的醫院這樣冷到我們死去活來？

醫院啲冷氣凍過
哈爾濱!!!

我終於結冰了 A

天氣越漸冰冷，她們大概知道我不能對着冷氣、吹風機吧，於是把我推到窗戶那角落，我心想，大難不死，必有後福！怎料第一晚睡覺，已經覺得外面的冷風還是可以透過牆壁進入房間，不，是進入心坎！

睡到半夜，我開始覺得自己變得如水一般，我的腳趾我開始變成透明，又會出水，我馬上站起來，還好，腳還是站得住，然後看到自己地下有一灘水，而且越來越大灘，那個出水的源頭不是我吧？！我再看看自己睡的床，根本就是一個池塘，我正想轉身出去找求救，怎料有一幫工作人員忽然把我綁起來，在我的腳注射了不知名化學物體，最後我感覺到自己睜開的眼皮慢慢下垂，畫面暗下去……

一覺醒來，第一次沒有規定什麼時候要起床，環顧一周，這個病房竟然只有我一個，後來發現門上鎖了，又設

有隔音系統，我很急，我真的很急……尿。還好，我等了幾分鐘後，有兩位護士把我夾在中間，然後在我原先睡覺的床位放下我。忽然間，我聽到一位睡在我旁邊的阿婆在啜泣。

我上前看看阿婆發生什麼事。

「一向睡在我旁邊，很怕很怕冷的女孩，她過世了，嗚嗚……」

「你說我嗎？」阿婆轉身，可能是我背着光的關係（大逆光），剛巧那天早上金黃的陽光灑落在我的頭頂，她欣喜若狂：「你終於復活啦！」哈，耶穌都要三天復活，我怎可能一天就復活？難道我昨晚被送走，令院友們誤會了？

還有，阿婆為什麼不曾想到，她見到我，有機會不是我復活了，而是我們在天堂或地獄呢？

我翻了一個白眼，不知該笑還是可泣。我想，如果我真的是一隻鬼魂，也是思想光怪陸離，幽默可愛的靈魂吧！

我終於結冰了 B

跟阿婆玩完之後，我沒有忘記自己的使命——查出為什麼我下半身和整張床都是水，還有她們為什麼把我抓走，還要替我打不明液體讓我失去記憶。我好像間諜一樣，閃一個身，就到茶水間附近，聽到兩位低級工作人員討論：

「其實明知道那個地方會嚴重滲水，空調又會滴水，為什麼還要把病人推往那裏？」

「可能她們失策了，但又怕那個小妹妹投訴她們，所以索性幫她打了兩針⋯⋯」

「那位小妹妹那麼怕冷，也不知道她今晚怎樣捱過去！」

聽到這裏，我才恍然大悟，原來是因為工作人員的失策，傷害到病人的健康，但為了不讓別人發現，就給我打

科學針，真的不知所謂！

　　第二晚，她們都不知悔改，所以我已經想好對策，就是到晚上大概21:45，大家都準備睡覺的時候，我大叫：「為什麼我整張床都是水呢？外面下雨又關我的床什麼事？」聽到我這樣大叫，馬上引起人們的關注，連護士長也衝了過來。

　　還是護士長厲害，她親自下命令：「把這位病人調去不靠牆、冷氣吹不到的地方，並且拿兩張毛毯給她。」趁這個時候，我跟護士長說：「請問可以早晚給我一杯溫水嗎？我已經捱了很久的冷水了，拜託啦！」

　　果然，在這個時候提出不過分的要求，真的非常有用。我終於拿回一點點的人權！下一步，我要爭取一個屬於我的 Locker，這樣，我就不用天天蹲在或跪在地上吃飯那麼可憐。因為全病房九個病人只有我一個人是蹲在地上吃飯的。我知道她們不會回答我，所以我索性不問。怎料她們主動告訴我，她們說我是因為自殺而來到這裏，所以我要承受的痛苦、折磨和感受，一定要比起其他人更慘！

什麼？！我自殺？我為什麼要自殺？那我死了嗎？我現在到底是生還是死？一大堆的問題，相信只有「劇終」的那一天，我才知道。

王維，你很絕！

　　命不該「睡」，是這裏的暗標語。為了要限制每一個人都在 21：30 前睡覺，早上會安排我們進行很多的活動，動靜皆有，老少咸宜！大家都非常勇於報名，理由只有一個，就是在這些活動中表現得好的話，可以盡快安排離開這裏，真的好過政府派消費券！

　　動的，有安排大家去做 Gym，就算身體不適，最少也要做踏腳機，最少要做 30 分鐘，做累了，可以隨時舉手休息，但工作人員會記錄在案，間接也會影響到離開這鬼地方與否的審批。我的確想盡快離開這個鬼地方，雖然我不怕死，但還是不要把自己累死，真的不行了，我會舉手說。

　　可能是我舉手次數太多的關係，她們很快地安排讓我去做文靜的活動，正中下懷，我昂首邁步進去別的活動室。門一開，我發現全部都是長者。一向快節奏的我從來沒有

想過，翻一頁書可以用 1 分鐘，而煮飯只需要 11 分鐘。她們給我的功課是，謄抄王維的五言絕詩！最初覺得可以靜心，做起來又簡單，挺不錯的！

怎料，第二天又是王維，第三天到第 N 天也是王維！我永遠都是寫他的絕詩，是永遠！王維，算你夠絕！

她們給我們做這些所謂的活動，無非就是想讓我們白天也有事情做，怕我們白天睡着了，晚上睡不着。但自從我寫了絕詩後，我每晚做夢都念着王維的詩，即使我用盡最大的念力，我也看不到歐陽修和王安石。後來，她們終於不再讓我寫王維了。然而在病房的一個角落，我發現了一行小小的字句，看來是有病人用鉛筆在牆上寫了：「可唔可以唔寫王維啊？」原來不止我遭受過王維的折磨。

人閒桂花落，夜靜春山空。月出驚山鳥，時鳴春澗中。紅豆生南國，春來發幾枝。願君多採擷，此物最相思。獨自叙鄉事，應知故鄉事。來日綺窗前，寒梅著花未。

阿婆比鬼搞

在這裏，我發現了很多好像被鬼附身的個案，但是她們的處理方法永遠都是用藥，從來沒有一個院牧和醫生過來探望過。可能我們已經不被當成人類，所以讓我們生活得過且過和自生自滅！

住在這裏那麼久，當然見怪不怪那些出奇的、莫名其妙的、恐怖至極的Case，即將告訴大家其中一個真人真事。如果怕鬼的讀者可以略過這一篇。

有一晚睡到半夜，旁邊傳來老婆婆的叫聲：「別再摵我屁股啦！」

過了5分鐘左右，阿婆直接發脾氣：「你幹什麼？你再摵我屁股我跟姑娘講！」

我已就寢了，而且我自己當然有沒有做出如此幼稚的

行為。我正打算轉過頭看看婆婆是不是真的被搣屁股，但當我看到那個情景時，我害怕到一邊顫抖着身體，一邊用被子覆蓋頭部，直到若干分鐘過去，有點喘不過氣來，才拉開少部分被子去看看阿婆的動靜。她終於沒有說有人搣她屁股了，可是，比這更糟糕的是，我看見她蓋着的被，慢慢向上升高了至少5cm！！！！！

我馬上用自己的被蓋着頭，背着整個畫面，嚇到汗流浹背，嗓子好像啞了一樣，當然，也希望自己暫時發不出任何聲音。我跟自己說，就算當下想放屁也要忍着。屁是忍得着，不過尿嘛⋯⋯

第二天我猶豫了很久，要不要告訴其他人，特別是那個「被搣屁股的阿婆」。不過天意弄人，翌日她已經離開了我們。

痛苦和幸福，從來都是自己說了算。

我終於哭了

進來這麼久，自己受了那麼多折磨，受盡不平等對待，滿肚子都是委屈。見到很多人在哭在發洩，不論是歇斯底里的大叫大哭，還是「死唔斷氣」的哭泣聲，我都不曾有過，甚至哭過。我想，哭是解決不到問題的。大概到我離開這個地方，我都不會哭。永遠滯留在這個地方裏，不能做一個有尊嚴的人，沒有最慘，只有更慘，眼淚還是珍而重之吧！她們整我們的方法層出不窮，日後大把機會可以發揮我的哭喪！

話說回來，我一直以來都是用 A4 紙當枕頭睡覺。說是 A4 紙，但並非真的紙，而是一個宛如 A4 紙般，薄薄一片的膠質枕頭，此枕頭材質對肌膚極不友善，常常弄得我兩邊臉頰起了疹，但當我由第一天起求她們任何一位工作人員給我一個枕頭套，大家都把我當成透明。原來來到這個

地方，我連擁有一個枕頭套都不配！我一直為這件事很憤憤不平，但奈何我越做得多，我被刻薄的次數更加多！

所以，當護士把我送回自己的床上，我發現我竟然有屬於自己的被鋪，而且全都是有套，特別是枕頭套。我哭了，不！我笑了！應該說，我又哭又笑。我的床上為什麼會有枕頭套呢？我不是做夢吧？我真的值得擁有枕頭套麼？

現在出院了再看一遍，我發覺當時的自己好悲哀，不為別的，只為自己擁有一個枕頭套而哭成這樣，這不就是第三世界的孩子才會有的情節嗎？

我們的指甲會剪爛指甲鉗？！

又一個凌晨抱着一張薄被和 A4 紙……

我發現了這幾天令我難忘的人，全部都是女人。還有一件事，就是很多病人都做了 Gel 甲（Soft gel），而且很多 Gel 甲已經生了新的指甲出來。即是說，這些不是因為尋死所以進來的，試問一個打算要死的人，為何還要做指甲美容？難道屍首會比較好看？

我很好奇，以我們這樣的身體狀況，指甲和頭髮會不會長長的？我問了很多人和工作人員，她們都不會回答我。大約過了十多天，我的答案自有分曉。

因為工作人員會定期拿着一盒指甲鉗到我們的房間。一間房有九個人，她們竟然絕到一人一個指甲鉗，規定 8 分鐘內剪好手甲和腳甲。

　　大家當然各自努力，就在這個時候，我聽到有一個工作人員不停罵其中一個比較懦弱的病人。我對這病人印象深刻，因為她長得我見猶憐，特別是她手上有莫蘭迪色的美甲，做的指甲款是 Soft gel（即是比較薄身）的材質，很有品味。

　　「你不能剪指甲，因為我怕你的指甲會剪爛我的指甲鉗！」那個該下地獄的工作人員對這位很有品味的病人這樣說。聽到這一句話，我極為憤怒，我這個白羊魂又見義勇為了！

　　Well──這根本就是「別人的鞋面踩了我鞋底」的理論。我莫名火冒三丈，衝到那位工作人員面前說：「你憑什麼不讓她剪指甲？你有這個權利嗎？」

　　她理直氣壯跟我說：「指甲鉗是醫院的財產，萬一指甲鉗被她剪爛了，怎麼辦？」

　　「你看她的新甲明明都長出來了！這就證明被剪過了好幾次！你敢不敢跟我去上司處評評理？」雖然我不知道

自己能否因為這次抱打不平而離開醫院，但如果真的可以的話，我真的會買幾千個指甲鉗扔死她！

那工作人員自知不及我伶牙俐嘴，又怕我投訴到高層，她只好放下指甲鉗給那女生用。坦白說，我是一個很爺腔的人，有時，寧願我被欺負，也總好過我身邊的人被欺負。

我拍拍她的肩膀：「你好，我叫姜桃，怎麼稱呼你？」

她回我：「我叫嫦娥。」

說罷，彼此都忍不住笑了起來。大概，所謂的死性不改，正正是形容我這種死了也不會改的白羊座！

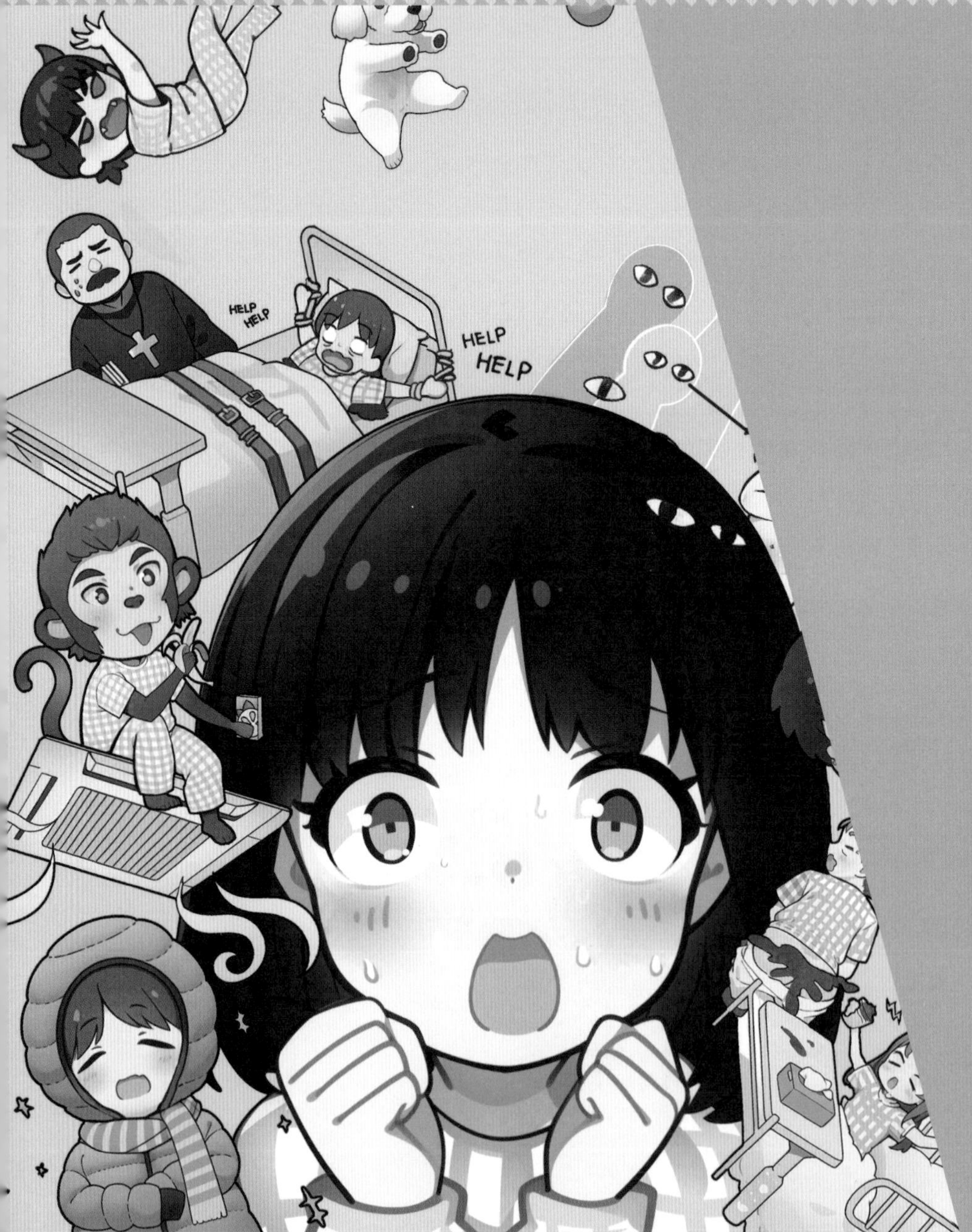
HELP
HELP
HELP
HELP

監獄風雲

On your marks, get set, go!

在這裏，有兩個畫面，每次看到都忍俊不禁，相信十年後看到也會發笑。就是每天準備破紅線，爭取到頭注香的感覺。

我們的頭注香就是水和廁所的開放時間。因為有「限水令」的關係，每人只可以一天兩小杯水，工作人員的理由是，我們這些體質不可以喝太多水，而且水不能是溫水，規定是冷水，加上大家都要吃藥，嘴唇乾到爆裂（其實我也是一樣）。所以一聽到「水車」來，就代表有水喝的時間已到。大家對於水的渴望，就好像喪屍對血一樣。

由於所有人都不能離開自己的病房，要等送水的人來到房間門口，聽到工作人員叫到自己的名字才可以出來斟水。可惜，物極必反，聽到水車來，總有一群人好像在動漫節會場門口排隊一樣，一放行就立即衝入會場。那些斟

水的，好像摩打手一樣密密來，快快手，真是何其壯觀，可歌可泣！所以每次不論誰最快成功斟完水回來，我都會拍掌鼓勵。

想斟個水也規矩多多，工作人員會先檢查病人的水杯，看看是否真的一滴水也沒有，真的要一・滴・水・也・沒・有！才會讓我們斟水。曾有一個人很不合作，她因為在派水的時段，杯中的水還剩一點點，來不及倒掉再排隊斟水，但又異常地口渴，所以她拿着杯子，到廁所裏面斟水。她明知道這樣的行為會激怒管理的人員，但她屢勸不改，因為她內心對於平等和自由的渴望，遠遠大於她的身軀所容納。這種人的特質，一般會在改革者中找得到，成王敗寇，輸了的她得到全身被綑綁的下場，送往接受另類治療。至於有沒有打「懵仔針」，有沒有用電擊，甚至更恐怖的儀器，相信大家心裏都略知一二，不寒而慄。

結界被打開了

這所精神病院有一「結界」，人人皆常用，為生理需求也。大家能猜到是什麼嗎？答案是：廁所。不知是誰定下的規定，竟下令限制廁所門只在特定時段開啟，其時間短得出奇，想去廁所就要跟同房的人爭個你死我活。廁所門的開關時間是不會改的，至於能不能爭取到在有限時間內上廁所，就要看自己多自私了！特別是在這種波譎雲詭的精神病院。

坦白說，我一直以為自己在醫院，而非精神病院，但發生了那麼多事情，我都猜不出來的話，那我的確有精神病！

在我對面的床，睡了一個年輕女孩，看上去二十出頭，白天正正常常，晚上準時九點自行人肉關機。她會主動跟大家聊天，禮貌地介紹自己。所以我不明白，為什麼她會

被工作人員用繃帶一直綁着全身，緊緊地把她釘死在床上一樣，讓她動彈不得。不單如此，她還被三層透明的屏風包圍着，令我百思不得其解。但在這裏，我領悟了一個自衛的「生存？」之道：不要問問題，不要頂嘴，不要幫其他「人」。

有一次，我正想趁着廁所門打開衝進去（好像武俠片的結界被打開，然後來一場神仙打架）。當時，自己只想快點飛撲入廁所，但我聽到這個女孩在呼叫我，回頭一看，見到她衣衫不整的，正企圖想鬆開那一層又一層的綑綁。她用可憐兮兮的聲音問我：「姐姐，可不可以幫我撿一下拖鞋？」她的拖鞋離她很遙遠。

當下我有一種不祥預感，理智叫我別多管閒事，因為結界開啟時間快完了！但看她的樣子，感覺就像看到賣火柴的小女孩，問我肯不肯幫她買最後一根火柴一樣。最後，我選擇了幫她，看來我的良心仍在。我立馬走過去把她的拖鞋撿起，完璧歸趙。在我好心幫她上穿上其中一隻拖鞋時，忽然感到頭頂被硬物擊中，我躲避不及，再被擊中多

好幾下。誰知道她拖鞋一拿到手，就拼命襲擊我的頭，狂打了十多下，才有人通知工作人員進來救我。由於事發太突然，我根本來不及躲避，想反擊，但又對這小女孩下不了狠手，所以額頭被打到紅了。也忘記了自己夠鐘進入結界這回事！

　　話說回來，她打人的樣子，十足十鵝頸橋下那些阿姐打小人的模樣，對，我就是小人！我枉作小人，本來可以不管她，自己去廁所就好了，但我中途替她撿拖鞋，在廁所門即將關閉之際，我坐在地上喊痛。而她？成功進去了。

　　我覺得很冤枉，但不曾後悔自己的做法，只是沒有下一次了。人生本是如此，太多課堂要自己上了。

　　其實不單單這一次，偶然我也拿自己沒辦法，我太「白羊座」了，太抱打不平，有時為了幫人也沒有考量到自身的安全。當然，我好欣賞自己還有一顆善心，但也不停告訴自己，如果所謂的善心會害人或害己，那終究是善還是不善？

房間正門對着公廁正門

一輩子也沒有想過，自己的房間正門，會對着一個公廁（一百個人上過的廁所）的正門。沒辦法，有得必有失，好處是我們因為地理的優勢，想去廁所時，門一打開，就能以最快時間衝到廁所，但弊端似乎遠遠勝於好處。

因為廁所門非常矮，所以她們無論大小二便，都會望着我們房間近門口的一兩位病人，你眼望我眼，有多尷尬！而且每一位拉了多少的量，大家都能聽得和嗅得一清二楚！我常常覺得睡在近房門口的幾位，真的是大英雄！所以我常常都說：「在這裏的人為了生存的毅力，無所不能容之！」

不過臭這種氣味，所隱藏的殺傷力和感染力是不容忽視的。我的床位明明已經是距離公廁的最遠處，但我竟然可以被臭醒！原來臭，是可以臭醒人的，這是我親身經歷到的事，後來聽到如廁的那位已經走了，但那種臭並沒有

隨着她而離開，反而越發深入民心。不只我一個，我一回頭，大家都坐了起來！

其實我真的很想捉住那個人，問她究竟吃了什麼？但又怕傷到其自尊心。還是算吧！我已經大開眼界，不，是大開臭界，長知識了。

在文明的人類社會羞恥之最，
莫過於沒有人類的選擇權。

只有 1.5 米的女廁門

年青時，在教會的安排下，做過某精神病院的探訪工作，那時我才十二歲，覺得做義工能幫到別人，很有意義。

但當我親眼看到她們的洗手間時，鼻子一酸，眼淚在眼框內打轉，為什麼她們的廁所門那麼矮？就連女生的廁所，也只能在關上門的時候遮住重要部位。為了體驗她們的辛酸，我上過一次那裏的廁所，剛巧有一位男生經過，他看着我想脫內褲的姿勢，雖然隔着門看不到我的私處，但感覺也非常不良好，完全沒有私隱和安全感可言。依我觀察，其實有很多有精神病患者，甚至乎有輕微情緒病的人，她們並非嚴重到連羞恥之心、尷尬憮然、安全感都失去！

我問過當時的工作人員，他們以官腔回答我：「只要他們進得了精神病院，就沒有權利選擇那麼多！」我只有

滿滿的同情心，卻沒有滿滿的能力，去改變當局的規條。那時已有所頓悟，原來自己平日上廁所的門那麼高，還有鎖，是十分幸福的事！

自此，所以每次吃飯時聽到別人禱告，感謝神賜他們食物，我也會閉起眼睛，感謝「門有鎖」。事隔那麼多年後的今天，我的禱告早已變成了：「神啊，感謝我有廁所。」

我相信不久的將來，我的禱告會變成：「神啊，感謝我屙得出尿！」

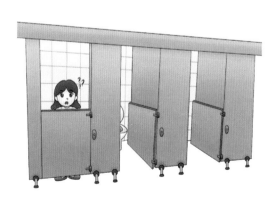

每人都有六台車

　　在這裏，每人都有六台車服侍我們，這是跟外面無法相比的一種壯烈狀況。

 口罩車

口罩車

　　在這裏除了睡覺之外，我們每一分每一秒都要戴着口罩，洗澡也不例外。每次洗完澡要大聲地跟工作人員說：「我要更換口罩！」然後跟工作人員就會給你一個新的，如果你忘了說的話，會遭到譴責。

口罩也分兩種，一種是關心我們的家人、朋友帶來給我們的，另一種是阿公的口罩。每日困擾着我的問題並不是這個，而是戴上口罩之前，規定我們要把口罩內的鐵絲拿出來，拿出來後又要跑去找工作人員說：「我已經把鐵絲拿出來了！」我覺得這樣日日拆口罩的日子，多一天都嫌多。

2　洗澡車

洗澡車是在浴室的暗處，平時被鎖起來。裏面有我們每個人自己慣用的洗髮水、護髮素、沐浴露。

忍不住跟大家分享一件尷尬事。有一次洗澡，我明明有把浴簾拉好，但不知道為何工作人員突然開廣播：「姜桃，你胳肢窩的泡沫沒洗乾淨。」全部人聽得一清二楚。Help！！！好想挖一個坑給自己跳下去！

說到洗髮水，初來乍到的人，就要用阿公的洗髮水，用過之後，保證你頭皮比腳皮多！而最要命的是，不管你

是光頭還是頭髮長及腰，洗頭和洗身體，加上把頭髮吹乾都必須在 8 分鐘內完成。這已經可以列為健力士世界紀錄的比賽項目了！

沖涼車

話說回來，我們房間九個人還要輪着用一個風筒。那個風筒像是六七十年代的古董一樣，吹出來的風宛如打了噴嚏一樣，被吹後每位簡直是拍完災難片的樣子。還要規定，每人吹 2 至 3 分鐘。所以我一般都敬老，把風筒遞向老人家，免得老人家打噴嚏兼頭入風。

 3 日常護理車

　　單單聽這個名字，大家可能會覺得精神病院對我們的照顧很細膩。但我想說，這台車裏面有太多相同品牌的洗臉乳、爽膚水、面膜！醫院規定了，每人只可以帶三樣東西，並且只能在 10 秒鐘內取出來用，用完後放回原位。10 分鐘尚且有可能，但 10 秒鐘我真的投降了。所以我護膚品那些都沒帶，我選擇了帶耳塞、眼鏡、衛生巾。沒有比這三樣再實用的東西，我的腳乾不乾燥跟我額頭長不長暗瘡也完全不重要了。我從來未試過這樣，這簡直反人性，顛覆了我三觀的做法！

日常用品車

　　正當我戴了兩天耳塞，睡覺時可以抵擋接近一半的「驅魔人尖叫」和「獅子的咆哮」，以及「可以搞到離婚的打呼聲」，我開始沾沾自喜。但第三天，工作人員忽然過來跟我說，她擔心我把耳塞塞住鼻孔，強行把我的耳塞拿走。她希望我在這裏可以反省為什麼要自殺？我反而想知道，我為什麼要淪落到一切都比別人差的田地？

　　好狠啊！所以我勸喻大家，千萬千萬千萬不要自殺，因為自殺的懲罰是非常有蔓延性，也非常具有創意的！

 抽血車

抽血車

血壓車

一開始，這台車是我最討厭見到的，但後來我發現最討厭的並不是這台車。抽血痛不痛？麻木了，我只是感覺插了很多針。如果每一針都戳上手臂，我的手臂應該會變成了一幅刺繡。左手慢慢地變成刺繡，然後腳底都變成了刺繡。

　　我只是不解，為何餓着肚子要抽血，飽着肚子也要抽血，隔幾天進來要抽血，吃了這裏的東西後又抽血，以為已經沒有血要抽了，結果又會重複第一個環節，餓着肚子時抽血，飽着肚子也抽血……簡直是「周而復始，抽血更新」。

　　好啦，抽吧抽吧。直到有一天，那個抽血的人，她向我的方向走過來，竟然略過我的床位，不抽我的血了。

　　我問抽血工作人員為什麼不抽我。她竟然破天方地回答我：「因為我們已經證實你患上糖尿病，所以不用再檢查了。」

　　怎麼我聽着這個句子，總覺得怪怪的？怎麼我覺得她

們好像年年月月去抽血，為的，就是希望我抽到糖尿病，只要一中招，她們就不再「抽」我，而且要舉辦「姜桃終於患上糖尿病慶祝會」一樣？！

抽血小趣事：

　　話說有一位身形比較龐大，又比較有力量的婆婆，她也要被抽血，可能工作人員不想抽很多次，所以拿了一支比較粗的針，一次就抽了大量的血。婆婆看到針頭那麼粗，忍不住問：「為什麼我打的針比喝珍珠奶茶的吸管還粗？」她這句話幾乎連抽血的人都忍不住笑到人仰馬翻，當然我是捧腹大笑的那一種。

⑤ 㪷水車

㪷水車

　　這㪷水車，我們每一位都非常恨不得它 24 小時都在，甚至乎變成飲水機。因為每位都要吃大量的藥，加上長期開着冷氣，嘴巴都乾到裂開了。但水車只會一日出現兩次，而且甚少有溫水，更不可能有熱水，只有冷水。雖然我很怕冷，但我覺得這樣安排是對的，因為我真的被無數個不知道自己在做什麼的人欺負到欲哭無淚。萬一在我睡着的時候她在我臉上淋熱水，我該怎麼辦？

　　有時候看到隔壁床的人睡得香甜，但水車經過，我又不忍心吵醒她，我就會直接拿起她的杯子，跟工作人員多

討一杯。通常大部分工作人員都禁止，但今次非常幸運，工作人員竟然給我兩杯水。我覺得住在同一個房間，即使是葉繼歡，我也會幫他拿水。惻隱之心，不單是人皆有之，只要是善良的靈魂，同樣都會擁有。

· · · · · · · · · · · · · · ·

6 餐車

第六台車就是餐車。餐車嘞！不是大家一聽到就很雀躍嗎？剛好相反！因為餐車要推進來的前半小時，廁所門要提早鎖起來，直到每一位用餐完畢，把所有餐具放回餐車的原位，記着，是每一位走出來把餐具放回原處，工作人員才會把廁所的門打開。

然而，這不是一個房間的事情，而是要經過六間病房，確保每一位用餐後放回原處，也就是做六次一樣的動作，然後等工作人員再仔細檢查，餐車才可以離開。餐車離開後的15分鐘，廁所才會重新開放。所以我都盡量守望相助，我很想餵阿婆吃餘下的粥，很想為旁邊的女孩剝橙子皮，

可是這裏的規矩是不能幫助其他人。

　　天生非常性急的我，最怕看到柏金遜症的事情發生，譬如這個餐車的運作，我就會覺得很煩躁，但我完全幫不了任何忙，我沒可能替別人的口腔咬得快一點，更沒可能叫其他人專心一點吃東西。還有，我自從被罰吃通心粉後，更加覺得餐車是無聊至極的東西。

　　如果我有一天做了忍者，千萬不要覺得奇怪，因為是這不人道的規矩把我訓練成絕世的忍者！

餐車

監蠱之育成

要成為一個合資格的精神病人，當然要經過精神病院的嚴格訓練。訓練有兩種，一種叫大 OT，一種叫小 OT。雖然我不知道 O 和 T 代表什麼，但我相信只要服從，我得到的結果總不會永不超生吧？！

大 OT：主要是強健體格，所以有很多做 Gym 的項目，期間為了增強活動的 Relax 感，她們會播 KTV 的歌給我們聽。我曾舉手問工作人員，既然買了 KTV（但只有背景音樂），為什麼不買 Microphone 和喇叭？讓大家也可以唱唱歌嘛。

（老樣子，她們並沒有回答我，連官腔式的回答也懶得理我。）

每人限制要做一種機器，我立即找了太空漫遊機來做，

因為我可以像太空漫遊那樣走，也沒人管束。但無論我走得多慢，也捱不過 25 分鐘的基本合格率……我嘗試多做 15 分鐘才休息，她們容許的，只是把我的體力打了一個叉，而那個叉會影響到我能否離開這個地方。哦！我終於明白了！為什麼那麼多「老友記」都可以捱得到 25 分鐘了。

原來人為了「出獄」，那個意志力是你無法想像的！於是，我自告奮勇去了小 OT：主要做一些文職類的、女性化的工作，譬如織圍巾。由於每一晚都不能安寢，我坐着織圍巾的時候都會釣魚（打瞌睡），釣到整個人昏迷似的。最過分的一次，就是霸佔了一張沙發，躺在上面打呼，工作人員馬上記錄在案。

我想我連 OT 都沒得做。學阿嬌話齋：「個個都 OT，唔通個個都鍾意 OT 咩？」後來她們竟然轉一個方式讓我繼續捱下去，連上帝也沒法攙扶！那個方法就是讓我填「靜心禪繞」。

禪繞是一種新流行的填色方法，透過密密麻麻的線條，要細心並集中地慢慢把圖案填色完成，大部分的專家都贊

精神病房奇觀

同，這是一個能減壓的方法。但凡事總有例外，也有一些專家出來反對填禪繞顏色能減壓，就好像心理師葉北辰強調，現在着色繪本越來越複雜，有人光是看到密密麻麻的線條就覺得頭痛，無法靜下心好好着色；有些人則把它當成一種績效，沉迷於着色連覺也不睡，這樣反而無法放鬆。

對！我就是這種人！我連去旅行要填入境表都想付小費叫人幫我填，現在那麼密密麻麻的線條，令我意識到原來自己有密集恐懼症。天啊！為什麼所有活動我都不適合參加？那我豈不是永遠離不開這裏？

我吃了108碗通粉

有幾種人，是不能得罪的。

第一種是倚老賣老的長輩；

第二種是警察；

第三種是海關；

而最後一種，是我剛剛才知道的，監控自己膳食的人。

話說有一天，我看到餐盤上有一張紙寫着「如飯菜不合適，可申請減半，千萬別浪費，珍惜食物」於是我就「很乖地」跟負責我們膳食的工作人員說：「不好意思，我不太喜歡吃飯，特別是晚上想減少吃澱粉質。」

對方說：「那我用粉麵代替大量的飯可以嗎？」

我興奮地回答：「可以啊！沒問題！謝謝你！」

就是這樣，我挖了一個坑，給自己跳下去！

翌日的早上，我的早餐只有一碗火腿通粉，完。

翌日的下午，我的午餐只有一碗火腿通粉，完。

翌日的晚上，我的晚餐有一碗通粉，加一條香蕉。

愚蠢的我，用了一天時間去消化工作人員的公報私仇。因為我給對方添了麻煩，所以她就找我出氣，因為我沒有犯錯的關係，對方只能在這些小事情的狹隘空間裏整蠱我。

遇到這些事情，我知道硬碰硬是沒有意思的，我唯有苦苦忍耐舌頭的寡味。習慣吃辛辣食物，才不會手腳冰冷的我，這種大懲罰似乎對我這種人有夠刻薄的！

如是者一天又一天過去，早午晚吃着一碗又一碗通心粉的我，用阿Q精神去告訴自己，盤古初開，食物只是用來維持生命，人不就是吃五穀雜糧嗎？哪有這麼多感受可以擺弄，哪有那麼多道理可以說清？我有瓦遮頭，有米下

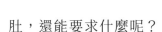

肚，還能要求什麼呢？

如果你想死的話，請先吃完 108 碗通心粉，你就會知道，這世上的確有比死更糟糕的事情，千萬不要小覷自殺和得罪小人這回事。

對不起，我錯了，我應該吃飯。

對不起，我麻煩了大家。

x 36 = 108

原來我吃了我 108 碗通心粉⋯⋯

對不起！我忘記了我沒有人權。

對不起！我內心的小女孩。

敬業樂業的人跟絕世好男人都應該
成為受國家保護的遺產。

傷口流膿沒人理會

　　隱約記得我進來這個地方的第一天，我的手是包着紗布的。在好奇心驅使之下，我自己拆開紗布，看到有一條紅色的血痕。其實我也想不起是什麼時候弄傷了，每次刻意去想，頭都覺得很痛。難道我真的自殺了？究竟有什麼原因導致我自殺？真的無從稽考。

　　兩天後，傷口開始很癢，紅腫起來，我知道這是發炎的症狀，於是我請護士幫我處理，但沒有一個護士理睬我。我一天內要求了三次，向三個不同護士懇求她處理我的傷口。但仍然沒有人去幫忙我。

　　三天後，傷口開始灌膿，膿瘡非常之大，剛剛好就是一個手腕的長度，我心裏暗知不妙，但仍然沒有人肯理睬我。或許，在這個地方工作的人，都是沒有同理心和惻隱之心。

　　四天後的一個晚上，我開始發燒，膿瘡開始爆開，我感覺很痛，那些膿液一滴一滴地滴在地上。剛巧看到護士長經過門口，我再痛都要跑過去攔截她，差點跪在她面前。我給她看我的傷口，她看見後非常驚訝，然後把所有護士叫出來罵一遍，要她們立即幫我處理傷口，並致電醫生開抗生素給我吃。

　　如果我不是活在這所醫院，而是活在外面，我一定告到她們上天，但我在這裏，就只能任人魚肉。想清楚一點，上天對我其實也不薄，至少在我傷口去到最嚴重的時候，能遇見護士長。自從那天起，不用我去哀求，每天都有人準時自動過來幫我洗傷口。我聽說護士長非常關注這件事，也懲罰了不少工作人員。

　　還好，傷口雖然非常嚴重，但不用刮去腐肉，但要是多過一兩天就很難說。所以幸好護士長的出現，真的拯救了我整隻手。傷口雖然非常痛和痕癢，但是我知道這是一個過程。

　　我的傷口，好像我們的人生，可能去到很不可收拾的

階段，可能沒有人願意幫你，你連一個救生圈都找不到，你在大海飄沉，不是害怕巨浪衝過來，就是害怕鯊魚游過來，但你知道只要捱過這一關，你能踏上岸，你的人生就會變得很不一樣，你會比其他人強一千倍一萬倍一億倍。總之無論怎麼樣，我們都不要放棄自己，要為自己爭取，勇往直前。沒有人能夠在醫院殺死你，除非你自己都不想自救。

真的一點也沒有誇張！

我收回「惻隱之心，人皆有之」
這句話，因為不是每一個都是人。

牙痛到變了乒乓球

入院前，我已經患上牙齦炎，所以帶了專科牙科醫生開給我的止痛藥，方便病發時急救止痛。牙痛得更厲害的話，一天要吃六顆止痛藥（專治牙齦炎的）。入院初期的某個早上，我只是吃了一碗比較熱的麥皮，我的牙肉就已經受到刺激，忽然痛得死去活來。我痛到人都不能躺平。我只可以一邊痛，一邊跳出去找護士長，我知道護士長能夠幫我，那種痛令我完全不顧醫院的法則。我心裏想：「阻我找護士長的人死。」殺氣強得沒有人靠近！

當然我沒辦法去到找人幫忙，就已經被工作人員拉回到床上，輾轉反側痛了半小時。痛這種感覺，1分鐘都嫌多，還要痛半小時。在我極力爭取的情況下，她們終於開了最普通的止痛藥給我。我服用後過了4、5小時左右，仍然痛到「阿媽都唔認得」。後來牙痛終於停了5分鐘，這

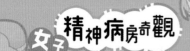

5 分鐘真的很寶貴，我完全沒有痛，好像正常人。然後我又奪命狂呼地大叫，我問姑娘：「你給我吃的止痛藥是普通 Panadol，可以給我專門醫治牙齦炎的止痛藥嗎？就在我的行李已有。」

姑娘很認真地跟我說：「因為我們這裏也有這種藥，所以我們要依程序，不能用你的藥，要改用我們自己醫院開給你的。」

「那醫生什麼時候開給我？」我已經得返半邊口跟她們說話。

「據我所知已經開了，但鑒於這裏的派藥流程所規定，要下一次派藥才可以給你。」然後她就匆匆離去。多答一句都嫌多！

天啊！什麼時候到派藥的時間啊？難道吃了午飯後？還好，我最多等一個小時就能吃藥了。但瞬間，我被眼前的掛鐘囧到了。原來現在只不過是下午 13：00，十分鐘前才派完藥，但沒我的份。那即是說，下一次才有我的份。

明明早上已經反映過，痛到我死去活來，彈來彈去。直到 14：00 都沒有拿到藥，在直到下一次派藥，是晚上 19：00。我立刻排好隊等派藥，但沒有「金榜題名」，只好失落地回到自己的床位。我痛到開始懷疑我的人生，我還要活在這個不平等的地方多久？什麼時候可以離開？甚或離不開。由於痛到坐立不安，我根本完全睡不着！我沒有哭，但眼淚痛到一直流⋯⋯

　　如果這是魷魚遊戲，或者是整人節目，我出來一定把監製和導演揼死！害我晚上牙痛到什麼東西都咽不下，好像乒乓球一樣跳來跳去。坦白說，我不怕死，但我超怕痛。

　　翌日，我的牙已經不、痛、了！然後工作人員走過來派藥給我。如果等你們救命，我早已不存在了！我看着那一顆仿似施捨給我的藥丸，忽然想扔掉它。

要大聲講我姨媽到

　　進來這裏的每一位不論新或舊的人，不停都要被驗血、驗屎、驗尿，幾乎每隔兩三天就驗一次。工作人員可能都覺得辛苦，她們決定叫我們上完廁所後，千萬不能沖廁，要在廁所裏面大聲叫出來。

　　舉個例子，我拉屎後，要 Keep 住大叫：「我叫姜桃，我拉了屎！我叫姜桃，我拉了屎！我叫姜桃，我拉了屎！」叫到有人來看我的屎，看的過程是我用攪屎棒去攪屎，身為當事人會很尷尬，但只要自己覺得不尷尬，尷尬的就是別人，我靠着這種信念，度過了無數次被人攪自己的屎的過程，想作嘔的感覺。

　　雖然我 OK，但隔壁兩三格的廁格也等着被攪的時候，聞到我已經想暈。有一位婆婆也不知道是不是真的暈，明明在攪我的屎，但婆婆說是因為臭，所以臭到暈了。我心

想，如果我的屎臭到她與世長辭，我是否犯了誤殺罪？還好最後她醒過來，還問姑娘有沒有朱古力蛋糕吃！

不過最尷尬的事，是我不知道姨媽到（M 到）時，是不用在廁所大叫通知任何人的。因為護士每逢月底都會問我們的「月事」狀況。但當我知道這件事的時候已經為時已晚……因為我已經大叫了大概七聲「我 M 到！」這句說話。所以大概整個病房，不！是整棟樓都知道我的名字，並且姨媽到中。那個時候，我真的裝不了沒事發生，幸好一位院友跑來通知我，不然應該會叫到成了這所醫院的永恆笑話！

其實為什麼通知我的那個人通知得那麼慢？不過她好像有柏金遜症，走路特別慢，然後我在想，人家有柏金遜症，都要半步半步，欄柵地走過來通知我，可想言之我多擾人！唉！真的嗚呼哀哉！我想挖十個坑，給自己跳下去！

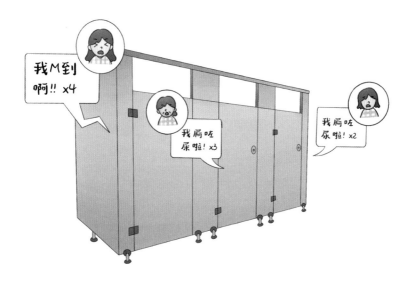

有關胸罩的問題

在這個空間，最令我覺得非常詼諧的，就是所有人都不准戴胸罩。我坐在床上打量着整個房間的每一位，發現她們都好像沒有覺得胸罩有多重要。

在我的病房中，一個還未發育，一個是猴人，一個是等待被驅魔的人，一個長期保持緘默的人，一個生人勿近的人，加上三位瑰寶人。所以可能只有我這個「眾人皆醉我獨醒的人」才有的這個顧慮。

嘻嘻，畢竟我不是那種「前面和背脊都一樣」的人，平時為了加強「事業線」，睡覺前還會穿着矯形胸罩。我不知道是不是我要求太另類，但我真的非常擔心自己不知道會在這裏待多久，胸部下垂的問題會不會就此形成？我嘗試作出作為一個成年女人，不，還有身軀仍在的合理要求。今次，護士長最好也給我合理的解釋。

「因為我們怕胸罩會讓一些瘋癲人士勒死自己或他人，所以不穿胸罩是這裏一成不變的規矩。」

　　「那如果有一天我變成茄子胸，該是誰來負責任？」我一臉正經，非常嚴肅地問。對方竟然當聽笑話一樣笑着回答我：「你真的非常幽默！」然後就匆匆走人。我不甘心，再問其他工作人員，她們都不肯表態。

　　於是我不停地回想，以往看過的電影中，試問有哪一位女性沒權利要求戴 Bra？難道上天堂或落地獄也不能戴 Bra 嗎？難道這裏從來沒有人想過，不戴 Bra 會變茄子胸？既然前無古人，至少後有我姜桃，我的訴求是非常合理！But...So What? 或許不公平的世界，才是公平的。

院中秘事

不要跟不同維度的人去溝通
而氣炸自己。

高手在民間

偶爾間聽到一位院友投訴，問為什麼家人帶了三次襪子來，她都不能收下？理由是：不合長度。

「你們拿剪刀去剪到你們想要的長度不就好嗎？」她賭氣說。

今次，終於有一位不是「花生友」開了口，說：「要短過船襪的長度，懂嗎？」

「我要襪子是用來保暖，但這麼短的襪子到底有什麼功用？」她說道。她把我的心聲都說了出來，實在太高興了！

工作人員回答她，怕她用襪子自殺。

哈哈哈哈！真的是天大的笑話，如果用襪子可以自

殺成功，真的是一種能耐，不！簡直是上天給我的一個 Gift！還有一樣殺人武器，是工作人員非常擔心我們會使用的，就是牙線。當我索取牙線的時候，姑娘會跟我說：「用完牙線後，請在我面前把牙線扔進垃圾桶內。」

我很想說，我的智商真的沒有去到那麼高，一條牙線或一隻短襪，都可以自行了斷。甚至乎有一次，我已申報了去廁所換衛生巾，她見我換得有點久，直接破門進來，她說怕我會用衛生巾勒死自己。我，得啖笑！予欲無言！

我已經決定，如果下次寫書我想不到書名，可以請這群非常有創意的工作人員去參與創作。畢竟，這叫做高手在民間。

隨機的殺人武器

不論是拖鞋，或者是糞便，都是殺人武器，不！是殺我的武器。我跟護士投訴，可是護士直頭把我們的房門也關了，直接鎖起來。就是這樣，困獸鬥的一幕上演了。被那麼多人圍攻，除了自救還可以怎樣？

我回到自己的床上，用被子蓋着自己，希望那群真傻的傻人看不見我，至少也不礙眼。但我這個想法實在太低估了她們。人家說「高分低能」，她們應該是「高能低分」！一個妹妹用一個蘋果遠距離地直接射中我的額頭，想不到被蘋果擊中了額頭真的想暈，頭痛欲裂。從來不覺得水果是一種可以攻擊人的武器，除了榴槤。

可是這位妹妹很搞笑，她會半夜跑到我的床邊跟我道歉，還會跟我一起唱聖詩，也會念主禱文。她會承認白天自己的行為是錯誤的，也會跟我道歉。後來我循循善誘地

問她：「你明知道用蘋果扔人是錯誤的，但為何仍然這樣做？」

「因為蘋果本身自己都要去廁所⋯⋯」她答。

我聽到她的回答，差點氣絕身亡。其實想死的方法真的有很多，譬如被激死。

還有一次更經典，我們的房間門並沒有鎖死，這個女孩見我站在門邊，叫我幫她多開一點點門，因為空氣不流通。的確，我也覺得有些悶熱，怎料門隙一開，她就拿起一卷紙巾投擲出去，並射中一個當值的工作人員。經過調查後，她是主謀，我是幫兇，不准上訴。

晚上女孩又跟我道歉，她說投擲衛生紙，也是因為衛生紙要去洗手間，我反了一個白眼，見慣不怪。

最後，我告訴自己，對於她，只有四個字：避之則吉！

連工作人員都以為是真的火警演習

其實我住過很多醫院，也受過了不少驚嚇，當然也經歷了很多次火警演習。但我從來都沒有試過一星期會火警演習一次（至少），而每次演習的時候，不論是工作人員還是普通護士，她們的樣子都是慌慌忙忙，好像很想落荒而逃一樣。我們經歷了第一次演習後，阿婆嚇到連屎尿都忘記了，我就應該大概已嚇到魂飛魄散，總之在這裏的人一併緊張起來！

好像我這樣高敏感的人，有什麼事都可以人急智生，但對於長期被綁着的婆婆，或紮在床上動彈不得的病人，我真的忍不住替她們擔心一萬次。而令婆婆最害怕的事情，就是當我們問當值的工作人員是不是火警演習時，對方這樣回答：「我也不知道啊！不如我幫你出去了解一下？」

她這樣一出去，我們整間病房都會被鎖起來，包括我

都不能出去，她們都會「一去不復回」，想不到這些員工也門戶大開，希望大家都用《孫子兵法》三十六計，走為上計！算你們狠！但問題始終都要解決，我已經用盡最大的努力去爭取！

即使這裏決定每隔一天就火警演習，也麻煩知會我們一聲，因為我們有知情權和配合權的。我開始滿有陰謀論地懷疑這裏的人，她們不聽我的奉告，無非是想透過刺激有心臟病的病人，快點離開這個世界，可以空出多幾個床位罷了！

從此，我們把火警演習當成手機來電鈴聲，只是不用接聽罷了！

點解可以咁猥瑣？

不管我在這間病房或那間病房，行為舉止上都算是相對地正常的一群。護士長那麼喜歡我，其實有一個原因，她問了我一個問題：「你覺得在這裏，你的短期目標是什麼？」

「我的短期目標是，在這裏不給你們添麻煩，這就是我最大的貢獻和短期目標。」我由衷地向她表達。

坦白說，我一開始真的很痛恨她們對我們這群手無寸鐵的病人的態度，以及不為人知的手段、處分和作弄。但歸根究底，各為其主，她們也有巨大的工作壓力。雖然我不知道她們的「主」是誰，要對我們幹什麼？但我回答的時候，心中所想的確是：「我不要給她們帶來麻煩。」

護士長不說話，我心慌了，轉個頭看着她，她的眼框

紅了，她哽咽着說：「如果這裏每一位都像你這樣想的話，我真的能少做很多很勞累的功夫……」然後我看到護士長向醫生的方向走去。

的確，我盡量保持在自己的床邊做一些適當的拉伸運動。忽然間心血來潮，想起家中有一個女兒在等待，她陪伴了我六年，我早沒有把她當狗，她平日睡覺都是睡在我旁邊的，她有自己的椅子和碗筷，跟我同飲同食。我忽然把床上的枕頭緊抱在胸前，向着枕頭說了很多肉麻、猥瑣的話，我還把白色的枕頭捏成白色的小狗模樣，最後我還會跟這個枕頭親嘴。

殊不知我第一次做這個動作，竟然給醫生和評估人員看到，醫生一直站在我後面，一直看着我的舉動，然後她在我的評估表上不停打上交叉。OMG！真的跳落黃河也洗不清，看來我要「加監」了。我知道我怎樣解釋，醫生都會覺得我跟枕頭親嘴是病入膏肓的行為。算吧！免得越描越黑，即使是誤會都不需要解釋，因為它們都解決不了問題，反而會越描越黑，甚至越玩越盡！

太空電話

　　我又調到另一個房間。住了半天，發現其中一位病人每次吃完飯都用她的私人電話傾偈，還不依照每間房間打電話的時間表，譬如一號房可以打 20 分鐘。她永遠都是一個人打了好多電話，就算半夜，她也可以打電話。由於她講電話的聲音像烏鴉一樣聒噪，所以我都會用被子蓋着頭，沒辦法，誰叫大家同一個房間。

　　我真的很想了解為什麼她有這種例外待遇。這個不公平現象好像整間病房都能接受，又好像只有我一個人那麼講公平。

　　但過了不久，我開始想到一個問題，為什麼只有她可以拿出自己的智能手機，而所有人都沒有這個權利？！剛好有一位正在打掃的工作人員在我面前經過，我忍不住問了：「為什麼她打電話從不受任何規管？」

她回答我：「因為這是她的太空電話。」

「什麼是太空電話？」我仍然得不到答案，病房卻一瞬間嘻哈大笑。

起初我聽不明白什麼是太空電話，當然也不明白為什麼她們會笑這位忙碌的病友。有一次我真的忍不住，想去看看她的電話是怎麼樣。當然，我會裝成「無意」去接近她，好好「㪗」清楚。當我看得夠清楚了，才發現我是多麼的無知，我真的很想大叫出來！原來所謂藏起來的電話，只不過是她的手掌，所以她一直的通話都是假扮，而且通話的內容都是假的。

由於電話不能接通，所以拐了一個彎去取笑她去打無人接通的「太空電話」。啊！好想為自己的無知而尖叫啊！我的表情好像哥倫布發現新大陸一樣，原來有一種人真的可以痴得好徹底，我差點去投訴她，一想到只有我一個人去投訴，而大家老早就知道「太空電話」這回事，我真的想「趁地淋」！神啊，求你別讓我太蠢，阿們！

因為啊個係
太空電話黎
架！

姑娘，點解佢可
以打電話，我地
唔可以？

喂啊爸，你食咗
火龍果未啊？

秘密交易

以前看監獄片，總會有人帶到「煙仔」、「鉗仔」或「個仔張相」等進去監獄。正所謂蛇有蛇路，鼠有鼠路（我的確屬鼠）。東西你帶進去後，每位監躉就會進入以物易物的古老朝代。坦白說，當自己還未面對過這一切之前，我根本不明白那些人為什麼會冒這些險，特別是有監控器的情況下。由於這裏的人告訴我，每個房間的監控器所監控不了的牆角或者在洗手間裏面，都有「鬼祟位」，加上二人稍有碰撞的情況下，大家趁機把各有所需的東西互相交換，是非常容易做到的事情。

所以，我用了一盒檸檬茶換了她一支筆和五張紙。進行交易的時候，我害怕得好像交換海洛英一樣。還好，我可以有不錯的表情管理，圓滿交易。而經過看到的人也裝什麼都沒有看見，因為在這裏發生這樣的事，實在司空見

慣。我相信所有人最合作的事情，莫過於「不告發彼此」！

　　我把第一張紙畫了一個行事曆，每一格都簡單地用圖記錄着我心聲，我的冤枉，我身體的痛，我傷口發炎，膿瘡的分泌物滴到地上都沒人理會等情況。

　　這張紙，當然是收起來的。至於其餘的，我會把這裏整體的狀況，以點列式去寫出問題的癥結以及要改善的東西。我知道有一日我肯定可以出去，出不了去更好，因為我知道我可以上天堂跟耶穌討價還價！上天給每一個人的天賦都不一樣，如果我不發揮寫作這個天賦去幫助有需要的人，就算幫不了多少，也至少能爭取改善的空間。

殘酷犯人噹噹凳

這裏有一個懲罰，叫做坐噹噹凳。什麼是噹噹凳？就是用鐵做，坐了下去就整雙手被綁住，腳也是被綁住，但要分開綑綁，因為要在兩條大腿中間放一個鈴鐺，放鈴鐺之前，工作人員會要求你貼着椅背坐到最後，然後再把鈴鐺塞去接近陰部前面。即是說，除了頭和臉部的肌肉可自由活動，全身都是被綁得慘過拿去做人體實驗的白老鼠。

聽說打仗被俘虜的囚犯，也要坐類似的一張凳。那我們這邊到底誰要坐呢？搗亂的？打人的？偷東西的？不！這張凳主要用來放那些行動不便的老人家，以及完全沒有殺傷力的智障兒童。我的房間，剛好就有兩個人要坐噹噹凳。

先說第一位金婆婆。為什麼她要被困在這張凳 9 小時不能動？因為這位老人家走路不太穩，曾試過走去廁所的

時候不小心跌倒，這裏的人為免她再次跌倒，就迫她坐在這張凳。護士們有時間又有心情的話，就會帶她去廁所。由於長期被釘在一個位置，所以她的腳開始冰冷和水腫，加上如身處哈爾濱的冷氣，金婆婆能撐到現在，也是一個奇跡。

我同情心泛濫，趁監視我們的人看不到時，我都會幫老人家按腳。試過一次，這位老人家急大便，她不停叫姑娘陪她去洗手間，叫了一段時間，我的俠義精神又出來了！我馬上出去找護士，竟然沒有人理睬，只有一個好心的護士跟我說了一句：「她未夠時間去廁所。」那一下我恍然大悟，原來拉屎，要根據計算出來的精準時間才可以拉，要不然就會瀨屎。

我人急智生，告訴那護士：「因為大家都開始聞到屎味，如果大家全部因為臭而起哄，害你撿屎之餘，又要寫Report 去交代事件，真的得不償失！」我說完後並沒有回頭，因為我知道回頭的並不是我。不夠 30 秒，金婆婆已經被帶進了廁所。有時候在這裏生存，真的要下點猛藥。

另外一位弱智小妹妹，因為怕她亂跑而要強行她坐嗒嗒凳，但她非常之乖，平日坐得靜靜的，早上起來會叫每一位早晨，那雙笑起來彎彎的彎月眼，可愛極了！有一次我問她為何從來都不主動要求去洗手間，難道她不急嗎？

　　她回答：「因為我不想阻到她們，等到她們忙完之後，會記得帶我去的！」

　　聽到她這麼乖巧又為人着想的答案，好像那位老人家急屎是罪過一樣，真的令聞者心酸，見者流淚⋯⋯

不得不飲廁所水

由於有限水令，意思是所有人每天只可以喝兩杯水，其他的水分，就要從湯食中汲取。由於我們天天吃大量的藥，喉嚨當然非常乾涸，要比正常人喝更多水，所以這個為害人間的措施，全部人都不贊成。

所以每次去到兩個派水的時間（分別是早上和傍晚），大家就算閉目養神中、抑或雲遊太空中，都會馬上驚醒，拿自己的杯子去排隊等派水。我當然也不例外，可是我見隔壁床的人睡得很沉，於是我悄悄地拿了她的杯和自己的杯一起去排隊，怎料今次負責斟水的阿姐是個不好相處的人，她竟然大聲罵我，叫我不能替別人斟水！

後來隔壁床的人起了床，覺得口乾，而她的杯子是空的，她問我是不是過了派水的時間，於是我把剛才發生的事告訴她。

她聽後說了一句「沒關係」，然後就瀟灑地拿着她的空杯子去洗手間斟水喝。當然，她沒有成功喝到那口生水下肚，因為工作人員已經集體把她夾住放上噹噹凳，並非推入神秘的「治療空間」……

我在想，我是不是可以把自己一半的水分給她，而不是什麼也不做，任由她被懲罰？有時，我們並不能追求所有對或錯，只有覺得自己還留有良心，才能繼續走下去，特別是在這裏！

在這裏，從來沒有一個追求自由，沒有一個追求呼吸新鮮的氧氣的人，我們在追求的，從來都是「水」。

不准建立友誼

在這所醫院漫長的歲月裏，每一日依舊非常規律地依時間表去達成每一件事。對於我這種不能過 Regular 生活的女子，簡直苦不堪言。久而久之，大家都會自我介紹，除了待被驅魔的人、猴人、有殺傷力的人等⋯⋯

見過一位「病人母親」剛生產完，就直接送到這所精神病院。所以她每一天都要去「泵奶」。我很想問她，你不想念自己的寶寶嗎？為什麼這麼快到這裏？因為生產而離開？但我不敢問，我怕她像奔喪一樣大哭。談了兩句，醫護人員已經進來我的病房，阻止我跟她說話。

又有一次，我唱了一段歌，唱的時候沒有人在聽，唱完後大家都鼓掌。我好感激大家給我的鼓勵，那一刻令我覺得自己像一個人，我有權享受音樂，我有自己的 Social life。唱着唱着，大夥兒都一起唱姜濤或容祖兒的歌，整間

房瀰漫着歡欣和正能量。

此時我聽到工作人員衝進來，對我們作出警告，並立令要我馬上回床位，還好，不用坐嚶嚶凳，也不用被囚禁在特別恐怖的房間。正當我以為這一切都過去了的時候……

有一個下午，一對護士走進來把我們每個人分開，因為當時我們站在一起唱詩歌，她們希望我們別站得太近，又不希望我們建立友誼。對於此事我不明所以，深深不忿。後來有一位病友解釋給我聽，因為怕我們情緒不穩定而引起騷動。

請問，在這個世代，沒有手機，沒有娛樂，沒有感情……生存還有什麼意思？

我不會感激曾經極度傷害過我的人，
因為沒有她們的傷害，
我一樣能透過自己的力量變得強大。

我會將你終身囚禁於此

我們每位病人最害怕聽到的，就是：「我會將你永遠囚禁。」

這裏是神的宮殿，還是閻羅王的地府？我不得而知，我只知道只要「我不乖，但很好，只有你不知道」！——《好好擁抱》（鍾舒漫的歌曲）

我聽過一位病人跟我說，她只是問了護士一條問題，護士就覺得很煩，所以叫她收聲，還多加一句：「你知不知道？我們絕對可以通過法庭的允許，將你終身囚禁於此！」

我笑了笑，回答她，我也聽過。

有一次，我的主診醫生走過來，跟我說：「如果你再挑戰生死，我會將你終身囚禁於此。」我回答他，我明白了。

然後他又再重複了兩次，我也不知道是我腦下垂體出現問題而產生的奇怪幻覺，還是這個醫生得了腦霧，要一直問、一直問、一直問⋯⋯

有時候，我發覺這個地方對我們最大的傷害，並不一定是被侮辱和被復仇，他們用言語攻擊和威脅，對我們的殺傷力，慘過讓我們去死。因為我們全都從地獄那邊「抄小路」來到這裏的。如果要帶着這副殘軀和破碎的心靈一直被懸吊在這裏，不就是比死更難受嗎？

所以時不時，我們都會在洗手間聽到一些啜泣的聲音，因為這裏的工作人員如果發現我們大哭，會採取「非常手段」去對付我們，所以我們不敢發洩，不敢投訴，甚至乎⋯⋯不常呼吸！

最後一晚

某一天起床後，我感覺非常虛弱，而且頭像火燒一樣。人已經虛弱了，而我的床一直靠窗邊，再加上空調滴水，每晚都是睡濕的床單。每早醒來，好像從海裏撈上來的樣子，這樣對我的身心靈健康有很大的影響。

正當我的腦袋想着無限的可能性，忽然，一幫醫生團隊正走向我的床邊，全部停在我的床前，感覺是要宣佈我的死刑。來吧！在這裏已經來回地獄又折返人間，我何懼死亡？何懼地獄？

然後，其中一位醫生竟然跟我說了一句我等了一萬年的說話：「你明天會被安排出院了，不過大前提是你身體沒有異樣，沒有不適。」

「我什麼事都沒有！我隨時都可以走的。」人生總有

幾個謊言，不撒就對不起自己。

可是我身體忽冷忽熱，又開始咳嗽，我唯有蓋着被子裝睡。

姑娘走過我的床邊，當時她是沒有正眼對上我的。我隱約聽到她跟另一位姑娘的對話：「這位姓姜的明天要離開了，明天臨走前再幫她量一次體溫就可以了，今天直到晚上都不用理會她！」

太好了！馬虎的人竟然讓我有福了。去到半夜，我發現有幾位睡在我旁邊的同房病人輪流照顧我，有人給我餵水（這是犯法的），有人為我接幸運星祝福我病好，有人把自己乾的被鋪跟我濕漉漉的被鋪交換，還有人給我寫信。當然，這些事她們都是分開偷偷做的。

原來我這個人平日所作的好事，房間的每一個病人都知道，只是礙於病房太多規矩，大家又不好意思表達，所以在最後一晚給了我最大的肯定、感動和愛，我還沒有來得及說句謝謝和道別，已經深深熟睡。我試過很用力地睜開眼皮，但眼睛就是打不開。

　　我不知道自己沉睡了多久，但當我再次睜開眼睛，發現我已經回到自己的家中，只是家中空無一人。跑到街上看，整個香港都變得不一樣了！十年人事幾番新，對的，只是，怎麼整個城市都沒有人，難道我跟其他人分隔了在平行時空？

看見這些物件，我很肯定，在醫院的日子，我並不是在做夢。

針對精神病房要改善的十大建議

一

建議一間大房（九個人）提供一個風筒，
而不是三十六人輪住用一個風筒

二

放寬限水令，應一日派四次水

三

病人從來不是工作人員的壓力出口

四

改善牆身嚴重滲水的問題

五

改善空調嚴重滴水的問題

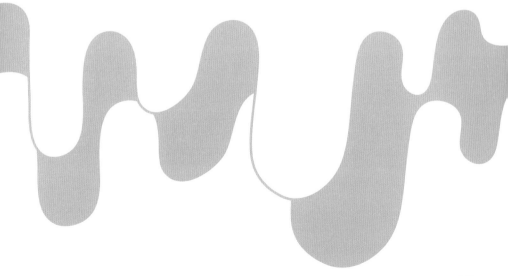

六

出風口堆滿塵埃

七

有攻擊性和沒有攻擊性的病人，應採取「乾濕分離」

八

不能因為私怨而公報私仇

九

向病人提供合適的尺寸的衣服，不能得過且過

十

院方不要用亞加力膠封實電視，以免反光

袖子有點長……

出院後，最想做的 10 件事情

一

食個地道茶餐廳，茶走，通粉都要走！

二

跟不同的閨蜜電話聯絡至少 100 個小時！

三

單點巴辣雞腿包，加麥旋風。

四

疏遠那些小人，朋友少不緊要，
最緊要對方格局要大。

五

右人可以在不合理情況底下再欺負我！

六

俾我過返 Irregular 生活一個月。

七

狂啪薯片和朱古力。

八

我要去按摩，起雙飛。

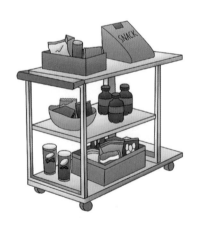

九

買齊東西去探未出院的院友。

十

原來廁所門可以咁高，仲有鎖，
真係非常有安全感㗎！！！

致所有喜欢這本書的人

這本書改編自我閨蜜的真人真事。(當然經過她的允許)而書中只有極少部分是我的个人創作。書中的女主角姜桃,有一位患有精神病的「親人」。非常孝順的阿桃一直对「親人」唯唯諾諾,受盡「凌獄」!而過分愚孝的她,好几次都被那親人「瓜分」。(至於詳情,未經當时人的允許,不便透露)

阿桃的一生,可謂險象環生,但最後……還是被「親人」扼殺了她的一切……

作为阿桃的閨蜜,我痛心疾首,对於所謂的親人,咬牙切齒,恨不得馬上把那些繩之於法!

阿桃之所以誤墮了「異」空間,是我透過這本書的口誅筆伐,透露人性善良與醜陋的反差,並希望社會能对

弱勢社群有更多貼地的關注措施。
希望通過我的文字，大家更會要惜福！
踏入此書第十二个年头，雖然每本書的題
材都好像不太一樣，但不知道大家有没
有留意，我所有的書，都離不開一个「情」字。
謝謝所有向我發出善意訊息的人，和建立
了深厚感情的讀者朋友！愛你們喲！

姜
COWR
8-5-2024